Angelina Purpurina

Angelina Purpurina
A dama de honra

FANNY JOLY

ILUSTRADO POR
RONAN BADEL

TRADUÇÃO
ANDRÉIA MANFRIN ALVES

COPYRIGHT © FANNY JOLY, 2010
CUCU LA PRALINE © GALLIMARD JEUNESSE, 2016

COPYRIGHT © FARO EDITORIAL, 2024

Todos os direitos reservados.
Nenhuma parte deste livro pode ser reproduzida sob quaisquer meios existentes sem autorização por escrito do editor.

Milkshakespeare é um selo da Faro Editorial.

Diretor editorial: **PEDRO ALMEIDA**
Coordenação editorial: **CARLA SACRATO**
Assistente editorial: **LETICIA CANEVER**
Adaptação de capa e diagramação: **SAAVEDRA EDIÇÕES**

Dados Internacionais de Catalogação na Publicação (CIP)
Jéssica de Oliveira Molinari CRB-8/9852

Joly, Fanny

    Angelina Purpurina : a dama de honra / Fanny Joly ; tradução de Andréia Manfrin Alves ; ilustrações de Ronan Badel. — São Paulo: Milkshakespeare, 2024.
    96 p. : il.

    ISBN 978-65-5957-455-1
    Título original: Cucu la praline au sommet

    1. Literatura infantojuvenil francesa I. Título II. Alves, Andréia Manfrin III. Badel, Ronan

23-5792   CDD 028.5

Índice para catálogo sistemático:
1. Literatura infantojuvenil francesa

1ª edição brasileira: 2024
Direitos de edição em língua portuguesa, para o Brasil, adquiridos por **FARO EDITORIAL**

Avenida Andrômeda, 885 — Sala 310
Alphaville — Barueri — SP — Brasil
CEP: 06473-000
WWW.FAROEDITORIAL.COM.BR

SUMÁRIO

1. Missão *cupcake*

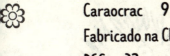

Caraocrac   9
Fabricado na China   15
DSC   23
A receita da felicidade   30

2. Um viva aos noivos!

Que honra!   40
Boca fechada   47
Princesa de capa   53
O grande dia   61

3. Votem em mim!

Demo... o quê?   67
Pulgas e pote   75
A Lista   82
Respeito   90

Sobre a autora e o ilustrador   95

Observe todos com atenção, eles estão nestas histórias...

Vitor, o irmão mais velho.

Angelina Purpurina, conhecida como Pirralha.

José-Máximo, o irmão do meio, também chamado de Zé-Max, JM ou Mad Max.

Pedro Quindim, a paixonite.

Areta, a costureira.

Yuri e Ximena.

1. Missão cupcake

Caraocrac

FOI EM MAIO. UM SÁBADO CINZA IGUAL A UMA RATAzana, mas eu não estava nem aí pro dia cinzento. Estava em casa, sozinha e completamente livre. Eu cantava a plenos pulmões o último sucesso da Lolita, minha cantora predileta.

A vida é belaaaaaa
Como um pássaro que voa numa
rapidez tremendaaaa

Como seus olhos azuis como o céu
Como meu vestido rosa com babado de rendaaaa
Como as...

De repente, CRAC! O meu caraoquê amado fez *crac*.

Depois, mais nada. Ficou mudo feito um poste. E eu, plantada no meio de um silêncio assustador.

Chocada, pensei que talvez... as pilhas estivessem fracas.

— Que pilhas? Você é que está fraca! — respondi pra mim mesma. — Seu alto-falante tá conectado na tomada, bobona!

Conferi as luzes, torcendo pra que fosse uma pane geral de eletricidade. Infelizmente, tudo funcionava direitinho, menos a única coisa importante: o meu caraoquê. Subi até o sótão, de onde é possível ver toda a rua. Vi as casas dos vizinhos com as luzes *similarmente* acesas, o que significa *também*. Uma palavra antiga que a vovó Purpurina usa. Eu gosto dessa palavra. Mas vamos manter o foco.

Contar a minha vida já é bem complicado assim...

Então: o caraoquê pifou.

Que catástrofe ainda pior poderia acontecer CO-MIGO, Angelina Purpurina, oito anos, que adora cantar mais do que qualquer outra coisa no mundo?

Sacudi o meu microfone de tudo que é jeito. Nada.

Procurei pensar em outra coisa. Nada de nada.

Tentei estudar as matérias da escola do ponto onde havia parado... Triplo nada carpado.

O tempo nunca pareceu passar tão devagar até a volta dos QUATRO do jogo. Que jogo? Dos Canarinhos de Rigoleta (é o nome da minha cidade) contra os de Fofovila (a cidade vizinha).

Quando penso que os meus irmãos jogam futebol no time dos *Canarinhos*, fico de queixo caído.

Eu mandaria os dois direto pro *Burricos* ou pro *Raposas* ou pro *Gambás*, enfim: os piores animais do planeta. Mas vocês devem estar querendo saber quem são os QUATRO de quem falei algumas linhas atrás. Resposta:

1. José-Máximo (também conhecido como JM ou Mad Max), o meu irmão pavoroso de nove anos. Naquela noite, mais convencido do que nunca porque tinha marcado um gol.

2. Vitor, o meu pavoroso irmão de dez anos. Também todo convencido porque tinha defendido um gol.
3. A mamãe, pavorosamente orgulhosa dos dois habilidosos filhos jogadores (vocês perceberam que habilidosos rima com pavorosos?).
4. O papai idem (pavorosamente orgulhoso etc.).

Durante o jantar, os quatro só falaram de dribles, bola na trave e gol de rebote, jogador na grande área e outras baboseiras totalmente desinteressantes. Me cocei pra não tirar um CARTÃO AMARELO e apitar um PÊNALTI, mas, infelizmente, eu não era a juíza do jantar. Eu mordiscava a minha fatia de torta enquanto fazia uma cara de desespero. Vocês acham que um dos quatro perguntou alguma coisa sobre mim? Quatro vezes não! Na hora da sobremesa, não tive uma só chance de falar pelo menos uma palavra.

Me levantei.

— Desculpem atrapalhar, mas estou com um GRANDE problema.

— Você tirou notas baixas, Angelina? — os meus pais falaram juntos, assustados.

Não retruquei. O papai e a mamãe são obcecados pela escola. Eles dizem que não, mas eu sei que SIM, e por uma boa razão: é a minha vida.

— O MEU CARAOQUÊ QUEBROU! — anunciei com a garganta engasgada pelos soluços que não queria deixar sair.

O JM ergueu os braços como se tivesse acabado de RE-fazer um gol:

— Yeeeesss! Melhor notícia do ano!

O Vitor riu, apontando o dedo pra mim.

— Show, ela vai para de...

— Não se aponta o dedo para ninguém — a mamãe o interrompeu. — E a gente sempre se refere às pessoas que estão presentes pelo nome, nunca por ELE ou ELA, isso é falta de educação.

— Tá, então a PIRRA... vai parar de detonar os nossos tímpanos com as musiquinhas dela.

— Vitor! — nossa mãe gritou. — Você sabe muito bem que não podem chamar a Angelina de Pirr...

— Mas eu falei PIRRA, não PIRRALHA (o Vitor e o JM estão TOTALMENTE proibidos de me chamar de Pirralha).

— Não seja insolente, Vitor Purpurina! Como castigo, você vai tirar a mesa e lavar a louça MANUALMENTE. Isso vai te deixar calminho...

O Max escolheu esse momento pra se intrometer:

— Ué, por que *manualmente* se temos uma máquina de lavar louça?

— E você, José-Máximo, vai secar tudo! Isso te ensinará a não defender o indefensável. E tratem de

deixar a cozinha bem limpinha... — o papai concluiu.

E paf! Muito bem! Bem feito pra eles!

(Achei melhor não aplaudir.)

Fabricado na China

ASSIM QUE OS MEUS IRMÃOS VIRARAM AS COSTAS PRA "mergulhar" na louça, comecei a chorar. Com lágrimas de verdade e SEM BARULHO pra expressar o máximo de emoção (eu me conheço). Eu choro quando quero, como quero, e isso é uma coisa superprática na vida.

É claro que se os meus pais estão do outro lado da casa, eu aciono o meu alarme, o TURBO-SOLUÇO (já falei disso e talvez ainda volte a falar). Mas naquela ocasião eles estavam bem debaixo do meu nariz, então o momento era perfeito.

Funcionou (no começo). O papai me pegou nos seus braços, dizendo:

— Vai buscar o caraoquê, minha querida, eu conserto pra você...

Subi até meu quarto como se fosse um anjo voando em cima de uma nuvenzinha em direção ao paraíso.

Quando desci, o papai tinha ido buscar a caixa de ferramentas dele.

O meu pai é um excelente jardineiro. Aliás, essa é a profissão dele e da mamãe → floristas. Mas pra consertar as coisas, eu não acho o papai... como posso dizer... MUITO eficiente (a não ser naquela vez em que ele transformou o furgão da nossa floricultura num *trailer* de viagem pras férias; uma história muito legal que eu já contei e vocês preciiiisam ler). Atenção: se vocês encontrarem o meu pai, não repitam pra ele o que acabei de dizer. Vocês podem ofendê-lo, e isso não vai me ajudar em nada...

— Vai com calma, tá bom, papaizinho? — murmurei quando ele se aproximou do meu caraoquê com uma chave de fenda comprida igual a uma espada.

— Opa, opa, Angelina — ele resmungou —, eu vou consertar o seu brinquedo mesmo estando supercansado, então guarde os seus comentários pra si mesma, tá?

Não gostei muito dessa reflexão do papai, mas fiquei caladinha. Fui obrigada.

Resumo da história:

★ O meu pai tentou desmontar o alto-falante.

★ Como não conseguia, começou a bater em cima do aparelho com a chave de fenda como se fosse um martelo (parecia que cada golpe era em MIM).

★ Ele apertava os maxilares (não era bom sinal).

★ Gotas de suor escorriam da testa dele (sinal ainda pior).

— QUEM comprou isto? — ele resmungou às vinte e uma horas, vinte e dois minutos e trinta e três segundos (o meu relógio tem o ponteiro dos segundos).

— Você e a mamãe, pro meu aniversário de sete anos — respondi depressa.

O meu pai foi buscar uma espécie de furadeira elétrica. Francamente, eu preferia ter ido ao dentista.

— Parrr... por fav... nãããão... pppp'papaiz! — gritei.

Vvvvrrrrcrrrrrrrrzzzzzz!, fez o motor perfurando o plástico.

O alto-falante abriu igual a um melão quadrado.

— Olhem pra isso *MADE IN CHINA*! — E o papai ficou vermelho diante do meu caraoquê amado-destroçado.

Foi quando o Vitor apareceu com as mãos cheias de espuma de detergente.

— Quem está gritando? Foi você, papai?

E o Max atrás (como sempre):

— NUNCA se deve gritar, é falta de educação!

A mamãe, que não tirava os olhos do celular, ia falar algo, mas desistiu.

O papai começou a rir de um jeito muito bizarro.

— Estou brincando ha ha ha!

Ele estava com uma cara meio de louco. A mamãe se levantou do sofá.

— Patrício, se consertar as coisas te deixa nesse estado, para de fazer isso!

— O que me irrita são os brinquedos sempre quebrarem nessa casa? Já pra cama os TRÊS!

Pronto. Como se eu merecesse isso, como se eu mesma tivesse QUEBRADO o meu caraoquê! Às vezes os adultos são complicados, COMPLICADÍSSI-MOS. Bom, vou guardar o restante dos comentários pra mim.

Eu teria coisas demais pra dizer e preciso de espaço pra continuação da minha história. Ainda assim, esse episódio não saiu da minha cabeça durante toda a noite. Sonhei que participava do Concurso Internacional da Melhor Cantora do Mundo Inteiro e que eu ganhava em PRIMEIRO LUGAR: um caraoquê novinho, dourado, com um microfone em forma de coração.

No domingo de manhã, durante o café, aproveitei que os meus irmãos ainda não tinham acordado pra dizer:

— Papai, eu te perdoo por ter destruído o meu caraoquê, mas será que posso ganhar um novo, por favor?

A mamãe suspirou.

— Ai, ai... vocês estão começando a me cansar com essas histórias! — Ela não parecia estar de muito bom humor.

Tudo bem. Continuei dizendo que estava farta, que o Vi e o JM não paravam de me irritar, que cantar era o meu único consolo na vida, que...

— Não exagera, Angelina! — o papai me interrompeu.

— Vocês notaram que os seus meninos nem terminaram de lavar a louça, aqueles dois preguispertos? E vocês, meus pobres pais, foram obrigados a arrumar tudo SOZINHOS enquanto ELES DOIS se matavam de rir no quarto? Eu os ouvi rindo até MEIA-NOITE: por isso não consegui dormir direito!

Achei que a mamãe e o papai iam me dar parabéns pela palavra formada por aglutinação que

inventei (preguiçosos + espertos, estudei essa lição não faz muito tempo), mesmo que pra isso eu estivesse meio que dedurando os meus irmãos... Não posso deixar aqueles pavorosos pisarem na minha cabeça desse jeito, há limites!

De todo modo, a história não terminou do jeito que eu queria:

★ Resposta pro meu pedido de um caraoquê novo? NÃO, negativo.

★ A desculpa que os meus pais inventaram? Meu baixo rendimento na escola (zero surpresa).

— Talvez no Natal, se as suas notas melhorarem. Veremos... — o papai acabou murmurando entre os dentes, como se as palavras machucassem a garganta dele ao sair.

No NATAL? E por que não no Dia de São Nunca ☹?

VEREMOS? Já me falaram isso, e eu sei o que significa: JAMAIS!!!

DSC

A IDEIA DE SEGUIR A MINHA VIDA SEM CARAOQUÊ me deixou deprimida por pelo menos uma hora (talvez até uma e cinco, ou uma e seis, ou até mesmo uma e onze). Depois, decidi me virar sozinha. Peguei uma folha de papel. No alto, escrevi DSC, de Dossiê Segundo Caraoquê. Tipo um código secreto, como nos filmes.

Após o almoço, o sol apareceu entre as nuvens. Os meus pais foram passear nos Prados Salgados (um gramado com areia que fica na beira da praia, a mamãe acha isso romântico). Antes de fechar a porta, eles nos fizeram prometer que ficaríamos comportados como *anjos de candura numa pintura*. Faz-me rir... Os meus irmãos? Comportados? Nem em sonho! Mas claro que eles prometeram, não custa nada. Porém, assim que os nossos pais saíram, os dois iniciaram uma competição de chute a gol entre o pinheiro e o castanheiro. O que é totalmente proibido. Azar deles se estragarem alguma coisa. Eu é que não vou acobertar nada. Enquanto isso, melhor pra mim: o chute a gol é uma das (horríveis) atividades que mantêm os meus irmãos ocupados durante um bom tempo sem me irritar.

Entrei no escritório do papai e da mamãe. Com as cortinas fechadas, digitei tranquilamente no computador: *caraoquê novo*.

★ Que preços altos! Não tinha nada por menos de quinhentas pratas.

★ Substituí *novo* por *semiprofissional* (nem pensar em escrever *infantil*, já que o meu nível é quase profissional, modéstia à parte).

★ O valor diminuiu pra duzentas pratas.

- ★ Incluí *barato*.
- ★ Setenta e cinco pratas o menos ruim.

Fui olhar as minhas economias. TOTAL do meu cofre de porquinho + meus três porta-moedas: vinte e seis e sessenta e quatro.

Fiz a conta de cabeça: 75 — 26,64 = 48,36 (impressionante como faço as contas rápido quando não é pra escola).

Escrevi na minha folha DSC e circulei:

> *Quarenta e oito e trinta e seis*

Por escrito a soma parece ainda maior. Mas tive uma ideia: 48 — 26 = 22. E daí? Pois fiquem sabendo que a Eloá Filigrana, a praganta (praga + anta) da minha classe, ficou se exibindo porque ganhou vinte e duas pratas vendendo pulseiras que ela mesma faz com grãos de macarrão pintados com esmalte. Pulseiras horríveis, entre parênteses (ela mostrou as fotos). Se ela me desse uma de presente, eu recusaria. Ou talvez aceitasse, mas só por educação. Mas a Eloanta (é o apelido que dei pra ela em segredo) não me deu nada de presente, já que ela não gosta de mim (empatamos)... Enfim. Também tenho grãos de macarrão, e a minha mãe tem uma coleção incrível de esmaltes de unha. Zás!, fiz uma tentativa:

1. Selecionei as dez cores mais bonitas da gaveta da mamãe. Ela tem trinta e sete (esmaltes, não gavetas).

2. Fucei na despensa e peguei os macarrões *tortellini* — só tinha esses mesmo.

3. Instalei a minha mesa de teste na cozinha (piso frio + fácil de limpar em caso de problema, nunca se sabe, sou precavida hi hi hi!).

Estava no sexto (*tortellini* esmaltado) quando um grito me fez pular de susto:

— Que fedor de gambá nesta casa!

A minha concentração era tão absoluta que eu não tinha visto que começara a chover e os dois pavorosos haviam entrado e estavam plantados atrás de mim.

— O que você tá cozinhando, Pirralhenta gosmenta? (Eles adoram fazer jogos de palavras idiotas com a palavra PirXXXXa.)

— Lesmas ao molho de acetona? — o JM perguntou.

— Uma poção de amor pro seu namoradinho QUINDINZINHO?

(Precisão: esse é um dos péssimos apelidos que os meus irmãos inventaram pro Pedro Quindim, o menino mais legal da minha escola. Eles dizem que sou apaixonada por ele. E daí? Primeiro: isso não é da conta deles. Segundo: eles têm ciúme do Pedro porque ele é bonito, bem penteado, cheiroso, tira notas 100%

boas e sabe até tocar violino + o nome dele começa com a letra P de Perfeito, e além do + de +, ele acha TUDO o que eu falo interessante, diferente deles, que fazem nhem nhem nhem quando eu falo.)

— Sai daqui, bando de... de... APODRECEN-TOS! — gritei.

— Ah, vai, vai, você é que é a IRMÃ PODRE!

— A mamãe sabe que você pega as coisas de unha dela?

Fechei o esmalte rapidinho.

— Cuidem da PRÓPRIA vida!

— Tira uma foto da Pirralha com as coisas de unha e a gente deda ela quando os nossos pais chegarem! — o JM falou pro Vi.

— Ah, ótima ideia pra essa Pirralha-dedo-duro--dedurada!

Eu fervilhava de raiva. Tinha a impressão de que essa raiva me faria ser capaz de... de... esmagar aqueles dois e fazê-los desaparecer.

— Calem a boca! — Esperneei com os meus braços, punhos, pernas e pés. — Aposto que foram vocês que sabotaram o meu caraoquê! Seus PAVOROSOS ABOMINÁVEIS SABOTADORES INFELIZES CRE...

Exatamente quando eu ia pronunciar ...TINOS, os nossos pais entraram em casa ensopados pela chuva.

A receita da felicidade

VAMOS ESQUECER OS DIAS SEGUINTES: NADA ACONteceu, a não ser eu ter ficado mais-que-deprimida sem nada pra me consolar. Os meus irmãos estavam com muita raiva de mim, já que ficamos sem TV, computador e afins por causa da briga na cozinha, bem quando um campeonato de futebol ia começar a ser transmitido. Eles tentaram de tudo pra se EXCLUIR do castigo e pra que SÓ EU fosse castigada. Por sorte, isso (também) deu errado.

Exemplos do que eles inventaram:

- Que a briga era 100% CULPA MINHA.
- Que eu queria SABOTAR os esmaltes da mamãe (nada a ver!!!).
- Que eu os ARRANHEI (e contaram essa mentira enquanto rolavam no chão fingindo estar machucados, como VERDADEIROS jogadores de futebol-trapaceiros).

Fiquei sem palavras diante de tamanha ignomínia. Foi o Pedro que me ensinou essa palavra: *ignomínia*. Bonita, né? O Pedro conhece um monte de palavras mais antigas. Ele é superculto.

Na semana seguinte, durante o recreio, o Pedro me perguntou por que eu estava com uma tromba de elefante. Respondi que devia estar com alguma virose. A careta que o Pedro fez me lembrou de que ele tem medo de doenças. Tentei mudar de assunto, mas me atrapalhei e de repente, vrá!, sem querer, comecei a chorar. Isso nunca me acontece. O Pedro colocou a mão no meu ombro.

— Os seus irmãos estão te importunando, Angelina?

— Shiu! Falar deles é como... errr... comer vômito!

O Pedro deu um pulo pra trás. Será que ficou com medo de que eu vomitasse em cima dele? Mas por que fui dizer isso também? Acho que estava perdendo a cabeça.

Quarta-feira, na hora em que os meus irmãos vão pro futebol e o Pedro passa na frente de casa, fechei tudo. E me escondi. Estava com vergonha de mim mesma. Fiquei escutando rádio com o aparelho colado na orelha pra não ouvir caso o Pedro batesse à porta ou tocasse a campainha.

Tocou a música mais recente da Lolita. Aquela que eu cantava quando o meu caraoquê morreu. Aquilo me destruiu de tanta tristeza. Pelo menos encontrei forças pra trocar de estação. Foi aí que tudo mudou:

★ A propaganda falava de *cupcakes*: o doce da FELICIDADE, dizia.

★ Que todo mundo AMA enlouquecidamente (eu também).

★ Facílimo de fazer (ah, é?): agora ou nunca, porque as CEREJAS estão irresistíveis este ano.

Quando ouvi isso, pulei como se os meus pés estivessem em cima de duas molas: e se a minha FELICIDADE (DSC-amado) viesse através da venda de deliciosos *cupcakes* em vez de umas porcarias de pulseiras de macarrão? E devo dizer que conheço uma casa abandonada que tem uma cerejeira antiga que está carregada de cerejas. Fui depressa até a garagem, peguei a escada telescópica do papai (ela pesa menos de três quilos, está escrito na etiqueta) e corri pra rua dos Moluscos (endereço da cerejeira) como se a minha vida dependesse disso.

Tudo rolou como... se eu estivesse sobre rodinhas.

Quinze minutos depois, em pé em cima do galho mais alto, eu colhia cerejas aos montes. E RE-cantava *a vida é belaaaaa* porque a felicidade me RE-invadia quando: PADADABUM, a escada caiu e desapareceu sob as árvores.

— Eeeeeeei! — gritei.

Sentir o vazio em vez da escada me fez... ficar tonta. Uma vertigem violenta me causou um embrulho no estômago. Como eu ia descer? Não dava pra ver nada naquela selva.

— Alguém me ajuda! Socorro! Alguém me salva! Ajudaaaaaa! Socorroooo! Alguém me salvaaaaa!

Berrei a plenos pulmões, uma vez, dez vezes...
dez mil vezes? Talvez nem tanto: não estava em condições de contar. Sentia-me totalmente em pânico.
Depois de uma espera infinita, ouvi uma espécie de
voz... enferrujada:

— O que estah acontecendoh aih em cima a estah horah?

— Pi... pi... piedadeeeee! — choraminguei, fa-
zendo um grande esforço.

Os galhos de baixo se mexeram; depois:

— Comoh vocêh se chamah, menininhah?

— An... An... An-gelina!

— Não se mexeh, Angelinah, vou buscar a
Perséfone.

Perséfone? Deusa grega? Ele vai me fazer criar
raízes aqui? Houve um silêncio. Em seguida, o barulho
de um motor... que se aproximou... e bruscamente,
na ponta de um enorme braço de ferro, uma espécie
de mandíbula gigantesca se aproximou do meu galho.

— Pulah dentro da cestinha, menininhah!

Pensei "Menininha-da-cestinha, rimou", e pulei tapando o nariz. Por quê? Não faço ideia. Me vi

sentada em pleno céu, bem mais alto do que no balanço do jardim da vovó (e sem almofada).

— Comoh você fez pra subir até lá em cimah? — a voz enferrujada gritou enquanto a empilhadeira Perséfone (descobri depois que esse era o nome dela) me descia.

Ela pertencia (a voz) a um velhinho de boina sentado no trator vermelho de onde saía o braço de ferro.

— Eu tinha uma escada, mas ela sumiu! — falei enquanto aterrissava e pulava no pescoço dele de tanta emoção.

— Vocêh não sofreh de delírios de vez em quandoh?

— Me leva até a rua dos Pinguins, número 27, por favor... — murmurei antes de desmaiar.

Voltei do desmaio quando a Perséfone buzinou na frente de casa. Os quatro saíram, desesperados. Ao ver a Perséfone e o Velho Marcel (nome do vovô de boina, que descobri depois), os meus irmãos confessaram na hora — e na calçada. Quando estavam voltando do futebol, eles passaram pela rua dos Moluscos e me ouviram cantar do alto da cerejeira. Aí, eles:

1. Desamarraram os cadarços dos tênis.
2. Rastejaram escondidos no meio da grama alta.
3. Prenderam e puxaram a escada com os cadarços amarrados.
4. Fugiram levando a escada pra que eu ficasse presa.

Como uma alma nobre (que sou), não vou enfatizar a BRONCA COLOSSAL que eles levaram. O castigo deles foi à altura (literalmente): me ajudar a obter sucesso na minha MISSÃO *CUPCAKE* e juntar o dinheiro suficiente pro DSC. Vendo a cara de catástrofe que eles fizeram, prometi que lhes daria uma parte do dinheiro que conseguisse juntar, se eles me ajudassem de verdade. Colheita, descaroçamento, preparação, cozimento: honestamente, os meus irmãos me ajudaram bastante. Em um fim se semana vendendo *cupcakes* na praia, conseguimos juntar 97,33.

Como uma senhorita distinta (que também sou), dei metade do dinheiro para os meus irmãos. Eles querem comprar um saco de boxe. Por que não? Prefiro que eles batam num saco de boxe do que em mim.

E quando os meus irmãos não estiverem em casa, eu poderei ensaiar...

2. Um viva aos noivos!

Que honra!

É INACREDITÁVEL EU NUNCA TER CONTADO ESTA HIS-tória, ela é uma das mais HONROSAS da minha vida. Atenção, honorífico fala de HONRA. Favor não confundir com HORRÍFICO, que fala... de HORROR. Bom, também tem alguns horrores na minha história. Do contrário, não valeria a pena contar.

Mas foram menos horrores do que honras, apesar de tudo...

— Conta logo, Angelina, em vez de querer ficar explicando palavras como se você fosse uma campeã de vocabulário (estou falando comigo mesma pra ficar divertido 😊, vocês entenderam?).

Tá.

Então, tudo começou no inverno, um final de julho cheio de lama pegajosa e de um frio congelante. O nosso jardim parecia um submarino sem mar, com muita chuva e com neve em alguns momentos, mas não o suficiente pra ser divertido, só o suficiente pra escorregar e/ou congelar os pés.

Os meus irmãos pareciam duas pilhas atômicas dentro de casa. Na verdade, quando eu penso, o Vitor e o José-Máximo parecem dois cachorros. Se não saem pra descarregar as energias ao ar livre, eles ficam resmungando, atacando, rosnando, mordendo... ainda + que o normal (sem exagero). Isso me obriga a construir uma barricada, cama e mesa trancando a porta do meu quarto pra impedir que eles venham:

- 🌱 me incomodar
- 🌱 me irritar
- 🌱 me exasperar

- me contrariar
- me cansar
- me chatear
- me enlouquecer
- me importunar
- etc.

É uma loucura a imaginação deles pra estragar a minha vida. Quando penso que o professor Patota, do quarto ano, escreveu em vermelho em um trabalho de redação do JM: *Sua nota é 0,5. Portanto, trabalhe um pouco a sua IMAGINAÇÃO!*, não concordo NADINHA com isso.

O tema era: *Uma manhã, você percebe que o ponteiro do seu relógio está girando ao contrário, discorra...*

O meu irmão escreveu cheio de erros: *Impocível meu relógio é novu e tém garantia de 2 ano.* Ponto final.

Era só o professor Patota propor o seguinte tema: *Todos os dias, você estraga a vida da sua irmã, discorra...*

Aí o Max tiraria a melhor nota.

Garantida por mim, Angelina Purpurina!

Isso me deixa nervosa. E eu perco o fio. Tudo por causa dos meus irmãos, como sempre. Desculpem. Voltemos ao tal sábado de julho.

— QUEM vai buscar a correspondência? — o papai perguntou logo depois do café da manhã.

— Ange-lina! Ange-lina! — o Vi e o JM repetiram juntos (como estava caindo o mundo de tanta chuva, é claro que eles não queriam ir).

— QUEM vai descascar as cenouras e as batatas? — a mamãe emendou.

Peguei a minha capa de chuva rapidinho e corri pra fora (a caixa de correspondências fica do outro lado do jardim), gritando:

— Os meni-nos! Os meni-nos!

A cara dos dois ☹ ☹. Bem feito pra eles, pelo menos uma vez 😊 😊.

No meio de um monte de cartas feias e de propagandas dentro de sacos plásticos, um envelope brilhava no fundo da caixa como se fosse um farol no meio da noite. Grande, bonito, branco, com um laço rosa amarrado em volta dele. Tudo o que eu amo. Pensei que talvez fosse... pra... MIM?

Da parte… talvez… do PEDRO? Tirei o envelope delicadamente da caixa, cuidando pra não molhar. Não tinha nenhum selo colado. Alguém devia ter vindo colocá-lo ali…

* O nome e o endereço — *Senhor e senhora Purpurina, rua dos Pinguins, 27* — estavam escritos com uma letra bonita, de desenho gótico, com tinta roxa.
* Na parte de trás, um *E* e um *H* se entrelaçavam num carimbo de cera vermelha, como em coisas de reis e rainhas. O laço estava preso do lado de dentro.

Mesmo o envelope não sendo pra mim, nem da parte do Pedro, o meu coração batia acelerado. Acho que ele (o meu coração) adivinhava que ela (a carta) falava sobre alguma coisa importante. Foi o papai quem abriu o envelope. Uma folha grande estava dobrada dentro dele.

— Olha, a filha do prefeito vai se casar — o meu pai comentou como se não fosse nada de mais.

— Quando? — a mamãe quis saber.

Ele olhou mais de perto.

— Sábado, dia 21 de novembro.

Um bilhete caiu de dentro da folha. Aos meus pés. Efeito mágico? Peguei o bilhete e li...

Um grito surgiu do meu âmago: EEEEEEEI!

Aí, re-li o bilhete em voz alta:

Caros amigos Purpurina,

Vocês aceitariam nos "emprestar" a adorável Angelina?

Nós gostaríamos que ela participasse da cerimônia de casamento da nossa filha Elizabeth, no sábado, dia 21 de novembro. Por questões de organização, agradecemos se puderem nos responder rapidamente.

Simone Tristão

Eu deveria ter falado um pouco mais baixo. A minha voz atraiu os meus irmãos.

— O que tá acontecendo?

— A irmã de vocês vai ser dama de honra do casamento da filha do prefeito! — a mamãe anunciou, tão orgulhosa como se ELA MESMA fosse ter a HONRA de ser a ADORÁVEL dama escolhida.

Boca fechada

— **E NÓS?**

Essas duas palavras esguicharam ao mesmo tempo das duas goelas dos meus dois irmãos. Que egoístas! Eles poderiam pelo menos ter me parabenizado. Mas longe disso. A família Tristão quer uma pessoa ADORÁVEL, como EU! — falei pra baixar a bola deles.

— Os Tristão viram vocês dois com a mão na massa no dia do almoço na casa deles! —

o papai acrescentou, fixando os seus filhos com o olhar sombrio.

— Meu Deus! — a mamãe exclamou, levando as mãos às bochechas. — Quando vocês foram sozinhos pro mar naquele barco velho...

— Como assim SOZINHOS? — o Vitor deu um salto. — Lembrem que a Angelina tava com a gente!

— Eles me FORÇARAM a ir com eles — protestei — porque estavam com medo de que eu os dedurasse!

O Max fez uma careta.

— Lógico, você só sabe fazer isso: DEDURAR, nhem, nhem, nhem...

— E por acaso você não estava FELIZ relaxando sobre a água enquanto a gente remava, irmãzinha? Você até cantou *Eu sou a rainha das sereias* e blá blá blá não sei o que lá... A gente te ouviu, não foi, JM?

— Verídico! Dama de honra... Dama de horror, isso sim!

— Essa é boa! Os Tristão querem que a Angelina seja EMPRESTADA... Ela pode ser é DADA, e que fiquem com ela pra sempre!

— E o convite também, eu e o Vi temos mais o que fazer do que desfilar no casamento deles!

— Já chega! — o papai ralhou. — Vocês vão fazer o que a gente MANDAR! E pra começar, me tragam as suas agendas que quero ver o que tem de lição de casa...

Entoei a minha voz mais ADORÁVEL:

— Eu também?

— Não — a mamãe falou —, você vem comigo, Angelina. Vamos escrever uma linda carta pra aceitar o convite e agradecer aos Tristão...

Pulei no pescoço dela.

— TÁ BOM, mamãezinha LINDA!

Se os olhos dos meus irmãos tivessem poderes, acho que eu teria morrido.

Enquanto a gente escrevia a carta (três rascunhos, entre parênteses), perguntei pra minha mãe se ela achava que o Vi e o JM estavam com um pouco de CIÚME. Ela me explicou que a preparação de um casamento acontece sempre MUITO discretamente e até mesmo EM SEGREDO, por exemplo, em relação a tudo o que diz respeito ao vestido da noiva:

— Então, quanto menos você falar, melhor será, e não só pros seus irmãos, mas na escola também, e em qualquer outro lugar: em boca fechada não entra mosquito!

Mais fácil dizer do que fazer.

Em AGOSTO eu consegui. Aconteceram tantas coisas na minha vida que me ajudaram muito, tenho que admitir. No dia 12, o Pedro me fez uma surpresa maravilhosa e romântica. Vocês podem imaginar a minha felicidade? Quatro dias depois, no dia 16, eu e minha família fomos passar o final de semana na montanha e tivemos aventuras in-crí-veis. Conto pra vocês em outra ocasião (se der tempo).

Numa noite de SETEMBRO, quando veio me dar um beijo de boa noite na cama, a mamãe falou no meu ouvido:

— Amanhã a gente vai à costureira...

— Pro casamento?

Ela colocou o dedo na frente da boca.

— Sim, shiiiiiu!

Naquela noite, sonhei que tava indo pra escola com um véu com a cauda mais comprida do que o pátio do recreio.

A costureira mora pros lados da prefeitura, numa casa moderna que parece um hospital. No elevador, senti cheiros que pareciam de remédio. Fiquei com medo de que a mamãe tivesse me contado uma mentira e que na verdade a gente estivesse indo a um médico que dá injeções.

Quando a porta se abriu, me senti melhor. A costureira sorriu pra mim como se fosse me dar um beijo. Mas ela não deu (ainda bem, porque ela tinha uma fileira de alfinetes na boca).

— Oi, Anfelina, meu nome é Arefa! (os alfinetes faziam com que ela falasse de um jeito esquisito…).

★ Idade da Areta? Mas velha do que a mamãe e menos velha do que a vovó.

★ Vestimenta? Um vestido longo bem legal, com estampa de girassol.

★ Penteado? Cabelos loiros arrepiados em cima da cabeça e com uma mecha rosa/violeta mais comprida no meio. Eu gostei muito.

★ A casa da Areta? Um pouco parecida com… um palácio da ALTA-COSTURA. Tinha tecidos por todos os lados. Roupas penduradas.

Máquinas de costurar. Manequins sobre hastes de madeira, algumas vestidas. Outras nuas, enfim... só com tecidos amarrados no corpo.

— Eu vou ter uma CAUDA? — perguntei.

A minha mãe franziu as sobrancelhas.

— Claro que não, Angelina, a cauda é exclusiva da NOIVA!

— Vofê vai fifar bonifa, não fe preofufa! — a Areta falou enquanto empurrava um banquinho pro meu lado. — Fobe aqui pra eu firar fuas mefifas!

Princesa de capa

Em OUTUBRO, treinei:

1. Falar com alfinetes na boca pra ser chique e original igual a Areta. Não consegui direito. Só consegui me furar.
2. Desenhar o meu vestido de dama de honra ideal. O problema: o meu ideal mudava a cada cinco minutos.

3. Caminhar com o estilo de uma modelo, costas muito retas, cabeça erguida, pés apontando pra frente.

4. Na frente do espelho, funcionava (é importante dizer) muito bem.

5. Então, comecei a subir e descer as escadas...

Até o dia em que os meus irmãos me viram. Achei que eles tinham saído, mas na verdade estavam me espionando. O Vitor apareceu igual a um traidor (que ele é mesmo).

— O que aconteceu com você, Pirralhenta, por acaso engoliu uma vassoura?

— Ou fez cocô na calça? — o JM acrescentou.

Eles riam feito loucos. Consegui guardar a minha DOR dentro do peito, modelo, mas SURDA. E MUDA também. Decidi não falar mais com esses 2IP (Dois Irmãos Pavorosos) até segunda ordem (de mim pra mim).

Na semana seguinte, a mamãe me levou de novo à casa da Areta pra primeira prova do vestido. Tive um choque completo de beleza ao descobrir a minha vestimenta:

- Saia rodada tipo balão.
- Vestido de renda com botões de rosa (flor) em tecido rosa (cor) costurados em toda a volta.
- Cinto rosa + brilhante do que esmalte.
- Sapatos combinando.
- Coroa de rosas rosa desabrochando e folhas verdes pra enfeitar a cabeça.

Me pergunto QUEM se mostrava mais deslumbrante: o vestido ou EU dentro do vestido? Sem me gabar, acho que era EU. Tudo estava 100% perfeito em mim. Fomos embora levando todo o conjunto, sem nenhum retoque (nem alfinete).

Os pavorosos não estavam em casa. Felizmente.

Infelizmente, a mamãe decidiu guardar a roupa no armário dela, trancando com chave. Ela (a mamãe) tinha medo de que ele (o vestido) estragasse.

— Você acha que eu quero estragar o vestido mais lindo da minha vida e do mundo inteiro? — observei.

— Nunca se sabe o que pode acontecer, Angelina. Além do mais, tem... os seus irmãos.

Quanto a isso, eu tinha que concordar.

Em NOVEMBRO, o meu silêncio foi contagioso. O Vi e o JM quase não falaram. Boa notícia. Segunda boa notícia: eu sei onde a mamãe esconde a chave do armário. Isso me ajudou a suportar a distância (do meu vestido).

Às quartas-feiras, assim que os meus 2IP iam pro futebol, eu corria verificar se o meu vestido de DH (Dama de Honra, vocês entenderam, né?) ainda me servia direitinho. Mas nunca era o caso, porque, na verdade, ele ficava CADA VEZ MELHOR. Eu o provei de mil jeitos diferentes:

1. Com um coque + sapatos listrados de saltos--super-altos-e-pontudos (da mamãe).

2. Com bijuterias + óculos de sol + batom (da mamãe).

3. Cantando músicas da Lolita.

4. Valsando com o Mastigadinho.

5. Etc., mas não vou explicar tudo porque vai ficar muito longo.

Logicamente, eu estava ardendo de vontade de que o Pedro descobrisse o meu ESPLENDOR quando ele passasse na frente de casa.

❀ No dia 4 de novembro eu me contive.

❀ No dia 11 de novembro eu me detive.

❀ No dia 18 de novembro eu me dei conta de que era a minha última chance, já que o casamento seria dali a três dias, e NÃO RESISTI.

Sentei numa cadeira atrás do portão, abrindo bem o vestido pra parecer uma cauda.

Esperei um minuto, dois, cinco, dez... Nada do Pedro. Estranho. Eu diria, inclusive, MUITO estranho. Guardar a minha vestimenta e ficar de mãos abanando? Nem pensar. Agarrei a capa de chuva que o papai usa

pra andar de bicicleta e corri até a casa do Pedro, mais rápido que uma BatAngelinaMan. A capa voava com o vento, revelando o meu esplendor por alguns instantes. Eu já ouvia os aplausos do Pedro quando me visse (pelo menos achava que estava ouvindo). Eu o imaginava sentado atrás do portão da casa dele também. Mas na verdade, não. Toquei a campainha. Ninguém respondeu. Chamei quatro-cinco vezes: Pedrooooo!

— Quê?... — uma voz acabou resmungando.

A porta se entreabriu.

— Tudo bem? — perguntei quando o vi todo desarrumado e de pijama.

— Estou escangalhado. — Ele suspirou.

— Escan-o-quê?

— Es-can-ga-lha-do! E o que você faz nessa roupa tão elegante?

Não tô nem aí pro escangalhado, mas *sim* pra ele ter notado a minha roupa…

— Sou uma dama de honra! Do casamento da filha do prefeito.

O Pedro empalideceu e balbuciou:

— Qu... qu... quequeque... QUEM é o seu pajem?

— Que meu pajem? Eu sou DAMA de honra, sabe o que é isso?

— Fique sabendo, senhorita Angelina, que nos casamentos, as meninas têm um PAJEM que segura a mão delas o tempo todo, na cerimônia, no cortejo, nas danças e tal e tal...

O grande dia

O PEDRO NÃO VEIO PRA ESCOLA NOS DOIS ÚLTIMOS dias antes do casamento. Procurei *escangalhado* no dicionário. Significa: indisposto, estragado. Eu devia imaginar. Ele certamente tinha ficado mais (escangalhado) do que na quarta-feira em que fui à casa dele. Desejei que não estivesse tanto assim, mas não queria me preocupar com isso. Precisava ficar concentrada pro meu dia 21 de novembro de Honra.

Condições do dia:

- ❤ Céu azul sem nenhuma nuvem.
- ❤ Sol maravilhosamente amarelo.
- ❤ Tempo bom previsto até a noite.
- ❤ Vi e JM na praia desde cedo com a vovó e com sanduíches + as coisas deles pra dormir na casa da vovó à noite.
- ❤ Boa sorte, vovó!

Nós éramos quatro no cortejo da cerimônia.

1. Eu.
2. O Dante, meu pajem. O Pedro tinha razão: o Dan (apelido dele) não soltou a minha mão. Ele é grande, corpo atlético, cabelos castanhos encaracolados e lindos (eu queria os mesmos cachos, só que loiros). Ele sabe fazer malabarismos e caretas mais engraçadas do que as de um palhaço.
3. A Lia, uma ruiva tímida.
4. O Téo, pajem da Lia.

Se vocês tivessem visto a gente na saída do cartório... Todo mundo nos fotografava. Parecíamos celebridades. Alguns convidados soltaram balões de gás hélio de todas as cores, como se fossem bolhas de felicidade. Uma banda tocou músicas na festa. O Dante começou a dançar. Eu também. Foi muito legal, mas, infelizmente, muito rápido: a senhora Tristão falou pra gente não se agitar tanto.

Logo depois, eu vi... Quem? O PEDRO. A cabeça dele estava em cima de uma camisa com gravata-borboleta, entre o pai dele, de terno, e a mãe, de tiara de penas. Pra estarem assim tão chiques, os Quindim certamente tinham sido convidados pro casamento. O Pedro me olhava com uma cara... como posso explicar… perturbada. Será que ele estava me admirando? Será que era ciúme? Ou as duas coisas ao mesmo tempo?

Mistério. A gente não se falou.

Os Quindim não chegaram cedo ao salão onde aconteceu a festa depois da cerimônia. Melhor assim, pensei. Dancei e me diverti com o Dante sem a senhora Tristão pra nos incomodar, já que ela também estava dançando. Perguntei pro Dan o que ele achava do meu vestido. Ele gritou:

— INCRÍVEL!

Logo em seguida, os Quindim chegaram. Soltei a mão do Dan pra ir falar com o Pedro, que tava sozinho num canto. Coloquei a mão no seu ombro.

— Tudo bem, Pedro? Você tá menos *escangalhado*?

— E… eu… já tive… sábados melhores… — ele gaguejou.

— Bom, de todo jeito, OBRIGADA, graças a você eu aprendi MAIS uma palavra nova: *escangalhado*!

O Pedro não disse nada. Ele apertava os dentes com força. Eu não sabia como continuar a conversa. Depois de um tempo, tive uma ideia:

— Por acaso você não tá com ciúme do meu pajem, né?

Ele respondeu *não não*. Mas os seus olhos pareciam dizer *sim sim*.

— Você é o meu menino predileto da escola — declarei.

Ele não me pareceu tão feliz ao ouvir isso.

— Não existe só a escola na vida... — O Pedro suspirou.

Começou a tocar outra valsa. Peguei a mão do Pedro e o convidei pra dançar. A mamãe tirou uma foto nossa. Eu gosto muito dessa foto. O Pedro, não, porque acha que parece que ele engoliu uma vassoura...

P.S.: No fim da festa, o Dante pediu o meu endereço e me deu o dele. Ele mora nos Estados Unidos. Um dia eu talvez o visite, nunca se sabe...

3. Votem em mim!

Demo... o quê?

O Yuri adora passear pelos corredores. Vocês conhecem o Yuri, né? Não? Ora, o Yuri Maremoto! O meu amigo preguiçoso-divertido, o melhor em embaixadinhas da Joel Jocoso (nossa escola). Adoro saber que o meu irmão José-Máximo, que se acha o campeão do futebol, fica FULO por NÃO ter conseguido bater o recorde de embaixadinhas do Yuri: 447 seguidas (JM = 433).

O que isso prova? Que os alunos do quarto ano (o JM está no quarto ano na Joel Jocoso) se acham melhores, mas que nós do TERCEIRO às vezes somos melhores que eles. E até mesmo QUASE SEMPRE.

Fora isso, onde é que eu estava? Ah, sim, o Yuri e os corredores.

Então, era uma segunda de manhã. Estávamos na sala, menos a professora, que ainda não tinha chegado, e o Yuri, que estava batendo perna... vocês sabem onde? No corredor, acertaram 😊! De repente, ele apareceu gritando:

— A professora Paola tá vestida de Miss! A professora tá chegando vestida de Miss!

Foi uma chuva de:

— Hein? O quê? É uma piada!

Depois, todo mundo se calou porque a professora Paola entrou na sala, e a gente viu que o Yuri não estava brincando. Bom, a professora não tinha se transformado na Rainha da Beleza durante o fim de semana:

★ Ela trazia por cima da camisa, na diagonal, uma faixa igual à das misses E AINDA...

★ Azul, branca e vermelha, e com uns pompons dourados na ponta.

— Bom dia, crianças! — a professora cumprimentou. — Vocês perceberam algo diferente? A minha faixa, tenho certeza! Eu a peguei emprestada, pra VOCÊS...

Pra nós? O que vamos fazer com isso?, pensei.

— QUEM vocês acham que me emprestou? — a professora Paola continuou.

— Um time de futebol? — arriscou o Yuri.

Depois a Violeta, o Bernardo, a Leila:

— Um teatro?

— Um padre da igreja?

— Seu marido?

A Eloá Filigrana (que eu chamo de Eloanta) deu uma cotovelada na Leila (sua vizinha):

— Ela não é casada!

A professora imitou a Eloá:

— *Ela não é casada*... Não é assim que convém falar de MIM! O certo é dizer...

— A SENHORITA PAOLA não é casada! — bradou a Ximena Cerebelo sem levantar a mão nem levar bronca, mas se a gente faz isso: cuidado com o castigo.

Sorriso da professora:

— Muito bem, Ximenaaaaa...

— Em relação à faixa — prosseguiu a queridinha —, eu acho que a querida senhorita Paola a pegou emprestada da prefeitura, visto que se trata de uma faixa municipal oficial, é evidente!

Braços agitados de felicidade (da professora):

— MUITO bem, Ximenaaaa!

— Ela vai dar um bigbeijo nela, se continuar assim! — o Yuri cochichou no meu ouvido.

Me escondi pra rir. Mas a gente não riu por muito tempo.

A professora P emendou em uma aula in-ter-mi-ná-vel sobre:

- ❧ República.
- ❧ Eleições.
- ❧ Presidente.
- ❧ Ministros.
- ❧ Assembleia que decide umas coisas.
- ❧ Democracia.

— Demo-o-quê? — perguntou a Rosita (que sempre faz perguntas estúpidas).

A professora olhou pro céu.

— Eu expliquei esse conceito na semana passada! — E paf, ela escreveu na lousa:

A DEMOCRACIA é o regime político no qual o POVO exerce a soberania. Nosso país é uma democracia.

E re-paf, tivemos que copiar isso três vezes. E respeitando as maiúsculas. Como se todo mundo se chamasse Rosita. Muito injusto.

Depois eu achei que a gente ia falar de outra coisa. SÓ QUE NÃO ☹!

— TODOS vocês sabem que em breve o nosso país irá eleger seu próximo Presidente da República — RE-continuou a professora P (eu e o Yuri não sabíamos e não estávamos nem aí pra isso). — Pois então. A fim de VIVER a democracia TAMBÉM em nossa classe, nós iremos realizar a eleição dos REPRESENTANTES.

— O que são PRESENTANTES? — a Rosita perguntou.

— Grrrr, ela não vai ficar quieta? — resmunguei.

O Yuri explodiu de verdade, como diz a minha avó:

— São uns ca-caras que dão presentes-entes e são grandes-andes como elefantes-fantes!

A boca da Rosita começou a tremer como se ela fosse chorar.

A professora se irritou, e mandou a gente pegar o dicionário e pesquisar e copiar a definição das palavras:

1. Representante.
2. Candidato.
3. Eleitor.
4. Urna.
5. Cédula de votação.

6. Cabine de votação.

7. Maioria.

Como se todo mundo se chamasse Yuri. A gente ficou decepcionado. Principalmente eu. Quando a gente FINALMENTE terminou, a professora P anunciou:

— Os candidatos-representantes deverão se apresentar amanhã, terça-feira, até meio-dia. Apresentação dos cartazes: quinta-feira. Votação: sexta-feira.

E triiiiiim, tocou o sinal do recreio.

Pulgas e pote

O RECREIO QUE SUCEDEU O ANÚNCIO DA VOTAÇÃO FOI uma loucura. Eu jamais teria acreditado que essa história de representantes deixaria os meus amigos tão empolgados: verdadeiras pulgas dentro de um pote de vidro. (Vocês já viram pulgas de verdade dentro de um pote de vidro? Eu também não, mas vamos imaginar, tá?)

Conforme o dia passava, a excitação só crescia, crescia e crescia ainda mais. O Yuri e eu não acreditávamos nos nossos olhos, e menos ainda nos nossos ouvidos.

Resumo do que ouvimos (de um modo geral):

O **Ugo Mineli** começou a anunciar que ele era o MELHOR candidato, que ia colocar a foto dele em todos os lugares com a frase UGO PRESIDENTE, que TODO mundo tinha que votar 100% nele...

— Ugo presidente, melhor ter dor de dente! — o Yuri falou.

— Primeiro que representante não é presidente! — acrescentei.

O Ugo nos olhou como se fôssemos... como posso dizer... mini-micro-sub-pulgas-de-nada, e disse:

— Quando for eleito, vou fazer o que eu quiser!

A Ximena ficou plantada na frente dele.

— Ugo Mineli, calminha aí! O papel dos eleitos não é fazer a vontade DELES, mas do POVO!

— O que é o POVO? — a Rosita quis saber.

Ai ai ai. Blá blá blá. Parei com o Ugo, que é o tipo de menino que, se a gente deixa, ele ocupa todos os lugares.

A **Eloá Filigrana** anunciou que ela também queria ser representante e que com ela todos SERIAM FELIZES (isso me deixaria surpresa).

O **Bernardo** disse que colocaria MÚSICA na sala de aula.

O **Pedro Gomes** garantiu que teríamos BATATA FRITA todos os dias no almoço.

A **Justina Pentefino** prometeu que faria apresentações de PALHAÇO — não vejo nenhuma relação entre representante e palhaço, menos ainda entre palhaço e a Justina, que é a menos engraçada da turma, mas vamos continuar...

O **Léo Limoso** disse que faria números de ilujo... iluzo... iluxo... (além de ter bafo, ele agora usa um aparelho dentário novo, e dá-lhe perdigoto!)

— I-LU-SIO-NIS-MO! — a Justina o ajudou a pronunciar.

A **Samanta** jurou instalar tobogãs no pátio.

E TRAMPOLINS! (**Jonatan**)

A **Violeta** falou que a mãe dela (que faz chapéus) faria CHAPÉUS com "3º ANO JOEL JOCOSO" escrito na frente.

A coisa tava começando a feder, como diz (também) a vovó (ela tem um monte de expressões assim meio mal-educadas, eu adoro). E ainda mais quando o Yuri começou a dançar-cantar batendo os pés como se fosse um guerreiro:

— As eleições-ões-ões, são pros bobões-ões-ões.

Muito engraçado! Dancei-cantei junto com ele:

Eu: A polí-ti-ca fede igual ti-ti-ca-ca.

Ele: Como a mos-ca-ca ela é muito tos-ca-ca.

Eu: As eleições-ões-ões, são pros bo...

Aí a gente foi obrigado a parar, infelizmente, porque a senhora Amarelinda, a enfermeira-bibliotecária que não é nada legal, gritou que se a gente continuasse ela ia chamar o diretor, senhor Carvalho (que rima com trabalho, e ia fazer todo mundo ter um trabalho extra pra levar pra casa, como ele deve fazer com os professores, inclusive).

No dia seguinte, quando a professora Paola começou a RE-falar de votação, a Ximena pegou um cilindro grande igual a uma vassoura. Depois, com aquele tom de megaqueridinha, ela perguntou:

— Posso pendurar na lousa o trabalho que fiz sobre os representantes, querida professora Paola?

E a resposta, "para espanto" de todos:

— Claro, Ximenaaaaa!

O trabalho DELA? Tá bom! Aposto que toda a família ajudou. Mais os amigos, os vizinhos, os primos, talvez até o cachorro! Tô brincandooo, a Ximena não tem cachorro 😊. A grande folha dela tinha mais coisa escrita do que uma lousa com lições de gramática. Milhares de palavras apertadas-espremidas de cima até embaixo. DECLARAÇÃO DOS DIREITOS E DEVERES DOS FUTUROS REPRESENTANTES DO 3º ANO DA ESCOLA JOEL JOCOSO, era o título. Ela leu tudinho pra gente, bem alto. Mesmo assim, quase peguei no sono. A professora, no entanto, arregalava os olhos de admiração.

— Que trabalho impecável! Espero que vocês percebam a sorte que têm de poder votar em uma candidata com a qualidade da Ximenaaaa!

Perceber a nossa sorte? Na minha opinião: nenhuma. A gente se olhava como bobos. MAS ficamos animados de novo quando a professora Paola perguntou se havia outros candidatos. Dois, cinco, doze: dezessete mãos se levantaram! A professora recontou três vezes. Ela tinha (ainda) os olhos arregalados... mas desta vez de espanto!

— DEZESSETE, de VINTE E TRÊS! Um pouco mais e teremos mais candidatos do que eleitores! Não é assim que funciona a democracia. Não está certo. Não está certo! NÃO ESTÁ CERTO!!! É preciso e-li-mi-nar! Quero NO MÁXIMO TRÊS candidatos!

A Lista

A PROFESSORA PAOLA NOS DEU CINCO MINUTOS PRA decidirmos quem seriam os três candidatos. Resolvemos isso rápido (de início):

- ❧ A Ximena, é claro: ninguém teve coragem de dizer o contrário.
- ❧ O Ugo, evidentemente: ele gritou mais alto do que todos.
- ❧ A Eloá, obrigatoriamente: ela não desistiu.

SÓ QUE, enquanto o sinal do meio-dia tocava, uma voz de menina (não sei de quem) falou:

— Eu não vou votar em NENHUM dos três!

Outras vozes se manifestaram:

— Eu também não!

— Nem eu!

— E eu também!

A professora Paola congelou em modo ESTÁTUA.

A sala estava... como dizer... como se tivesse sido cortada em fatias:

Os três amigos do Ugo defendiam o Ugo.

As duas (outras) antas, a chefe delas: Eloá.

E os outros?

E a Ximena?

— Vocês estão com… começando a me… me can… sar! — a professora balbuciou.

O Pedro Gomes levantou a mão.

— Tô com fome, professora, podemos ir? Tem batata frita no cardápio justo hoje. Elas vão esfriar e vai acabar tudo, vamoooos!

— VOCÊS ESTÃO COMEÇANDO A ME CANSAR!

A professora está desesperada, ela não sabe mais o que dizer, pensei.

Ela bateu as mãos e declarou:

— Já que é assim, não teremos mais três candidatos, somente dois!

O Yuri olhou pra mim:

— Ei, Angelina, e se a gente se candidatasse, só pra se divertir?

— Quem: A GENTE?

— Você e eu!

— Juntos?

— Sim, ué!

Ergui a mão e perguntei:

— A gente pode se candidatar em dupla?

A professora Paola soltou uma espécie de soluço:

— Você, Angelina?

O Yuri se levantou.

— A ANGELINA E EU, uma menina e um menino, uma liga mista.

De repente uma inspiração fez plim no meu cérebro:

— E essa aliança da gente vai se chamar LISTA (liga + mista)!

— SIM! SIM! SIM! — todo mundo começou a gritar.

Na minha opinião, os que gritavam queriam só sair e correr atrás da batata frita, mas enfim, pelo menos era apetitoso… A professora Paola olhava fixamente pro Yuri e pra mim, como se tentasse entender o que queríamos.

— É uma ótima ideia! — A Ximena sorriu.

— Então está bem! — a professora decidiu.

Na quarta-feira à tarde, fui à casa do Yuri pra fazermos o nosso cartaz. O pai dele é funileiro, isso quer dizer que ele arruma a carroceria dos carros amassados (e não que ele fabrica funis, como eu achava que era…). Eles moram em cima da garagem e temos o direito de ir lá (à garagem). Conseguimos tudo o que queríamos de material:

* Caixas de embalagens vazias e dobradas. Muito sólidas e bem grossas, perfeitas.
* VÁRIOS *sprays* de tinta de VÁRIAS cores.
* Uma cabine especial pra gente pintar tudo com calma.

A gente aproveitou. No topo do cartaz, escrevemos:

A LISTA

Embaixo:

ANGELINA + YURI

Desenhamos nós dois pulando sobre molas.
Do lado da minha cabeça, escrevi:

SIMPÁTICOS

Pra disfarçar a letra A, que escrevi errado, eu a transformei na Torre Eiffel.

Do lado da cabeça dele, o Yuri escreveu:

ENÉRGIKOS

Avisei a ele que o certo é *enérgico*. Ele respondeu que tinha colocado a letra K de propósito, pra ficar mais moderno (sei, sei...). O Yuri também queria escrever SEMPRE À DISPOSIÇÃO. Ele viu essa frase num caminhão e acha superlegal. Eu a acho bem mais ou menos, mas aceitei com a condição de que a gente desenhasse um elefante multicolorido embaixo dos desenhos de nós dois pulando sobre molas, e que escrevesse metade da frase em cada orelha do elefante, pra ficar engraçado. Sem me gabar, ficou SUPERLEGAL.

Na quinta-feira de manhã, fui à casa do Yuri antes da aula pra ajudá-lo a carregar o nosso cartaz. Ele não precisava da minha ajuda, mas eu quis ir mesmo assim porque tava orgulhosa do nosso material.

Na esquina da rua dos Moluscos, encontramos o Pedro Quindim (meu amado).

— Você não estava em casa ontem às quinze para as três — o Pedro me falou —, eu a esperei e acabei chegando atrasado à aula de violino…

Elefantes me mordam! Ontem, quarta-feira, eu tava tão ocupada com a LISTA que esqueci de espiar o Pedro…

Virei o cartaz pra ele.

— Estávamos preparando a nossa candidatura pra representantes!

Ele olhou o nosso cartaz e coçou o queixo.

— Hummm... interessante. Você é muito corajosa de se candidatar... imagina falar no meio de todo mundo... e não ter medo de perder...

— Perder?

O Pedro fez uma cara de que tinha falado demais.

— Ignore o que eu disse, Angelina!

— Você vai dar azar pra gente! Pare de falar — o Yuri se desesperou enquanto o Pedro se distanciava.

Eu não ri ☹. Nem sorri. O dia todo. A frase do Pedro não saía da minha cabeça.

A apresentação do nosso cartaz foi ótima. Melhor do que a da Ximena, que só RE-desenrolou a folha dela de DECLARAÇÃO PATATI-PATATÁ que a gente já tinha visto na terça.

Respeito

PERDER!
PERDER!
PERDER!
Tive um pesadelo durante toda a noite:

- Eu estava sobre um palanque.
- Devia falar.
- Estava sem voz.
- A Rosita chupava o dedo do meu lado, sem me ajudar.

❧ As pessoas jogavam potes de pulgas em mim
e gritavam: *PERDEU!*

Na sexta-feira de manhã, fui esperar o Yuri diante da casa dele antes da aula. Assim que ele saiu, pulei na sua frente.

— Yuri, vamos cancelar!

— O que aconteceu com você? — Ele deu um salto.

— Nós vamos perder. Vamos estragar tudo. Eu vi isso no meu sonho.

Ele me chacoalhou pelos ombros.

— Ei, Angelina, você tá delirando? Foi só por causa do que o Quindim falou? Ele fala demais!

— Ele não fala demais, fique sabendo que ele tem as melhores notas do quarto ano.

— Você tá apaixonada pelo Pedro, por acaso?

Eu não ia falar sobre amor com o Yuri! Tenha dó! *PAREM DE FICAR VERMELHAS!*, ordenei às minhas bochechas (em silêncio, lógico).

Mas senti que elas não me obedeciam nem um pouquinho.

— A gente vai ser eleito e vai dar tudo certo, e se você tá se sentindo mal, vá pra enfermaria! — o Yuri concluiu, me empurrando como se quisesse me tirar do caminho.

Eu, na enfermaria com a senhora Amarelinda? Não, obrigada!

O empurrão do Yuri me colocou de volta nos trilhos.

Ele é espertinho, esse Yuri, devo admitir.

Fomos eleitos com... dezessete votos.

— Maioria absoluta! — A professora aplaudiu.

Incrível. Por um instante eu senti o que é ser a Ximena. Aliás, ela nos deu um aperto de mãos. Falo da Ximena. Boa jogadora. De qualquer forma, a professora informou que os representantes iam mudar todo trimestre. Tudo bem pra mim. Tenho mais o que fazer da vida.

Enquanto isso, os rumores se espalharam por toda a escola, de que a nossa LISTA tinha sido eleita.

O Pedro me deu parabéns.

— Todo o meu respeito, cara Angelina! — ele me disse. — Você é a pessoa mais corajosa que conheço. Posso te dar um abraço?

Falei que sim. Não ia negar...

E sabem o que foi mais INCRÍVEL? Como o pessoal do quarto ano também vai escolher os representantes, o Pedro me perguntou se eu poderia dar uns conselhos pra ele, porque ele quer se candidatar, lógico.

Falei que sim, claro!

Sobre a autora e o ilustrador

FANNY JOLY MORA EM PARIS, PERTO DA TORRE EIFFEL, com seu marido arquiteto e três filhos. Ela publicou mais de 200 livros juvenis pelas editoras Bayard, Casterman, Hachette, Gallimard Jeunesse, Lito, Mango, Nathan, Flammarion, Pocket, Retz, Sarbacane, Thierry Magnier... Seus livros são frequentemente traduzidos e já ganharam muitos prêmios. Duas séries juvenis (*Hôtel Bordemer* e *Bravo, Gudule!*) foram adaptadas para desenho animado. Ela também é romancista, novelista, escritora de peças de teatro, roteirista de cinema e de televisão. Sob tortura, ela um dia confessou que *Angelina Purpurina*, o livro que você tem nas mãos, é, sem dúvida, o mais autobiográfico de seus textos...Você pode consultar o site dela em: www.fannyjoly.com

RONAN BADEL NASCEU NO DIA **17** DE JANEIRO DE **1972** em Auray, na Bretanha. Formado em artes visuais em Estrasburgo, ele trabalha como autor e ilustrador de livros infantojuvenis. Seu primeiro livro foi publicado pelas edições Seuil Jeunesse, em 1998. Depois de muitos anos em Paris, onde dá aulas de ilustração em uma escola de artes, Badel voltou a morar na Bretanha para se dedicar à criação de livros infantis. Em 2006, publicou *Petit Sapiens*, seu primeiro livro de histórias em quadrinhos, com texto e ilustrações próprios.

ESTA OBRA FOI IMPRESSA
EM MARÇO DE 2024